DES MOYENS

de concilier les exigences

DU

DÉVELOPPEMENT CORPOREL

DES ENFANTS

avec les

NÉCESSITÉS CROISSANTES DE L'INSTRUCTION

par

le Dr L. REYNAUD,

Ancien interne provisoire des hôpitaux de Paris ;
Médaille de bronze de l'assistance publique.

> La plus grande difficulté et importante
> de l'humaine science semble être en cet
> endroit où il se traite de la nourriture
> et institution des enfants,
> (MONTAIGNE.)

NIMES

TYPOGRAPHIE CLAVEL—BALLIVET ET COMPᶜ,
rue Pradier, 12.

1869

DES MOYENS

de concilier les exigences

DU DÉVELOPPEMENT CORPOREL DES ENFANTS

avec les

Nécessités croissantes de l'instruction.

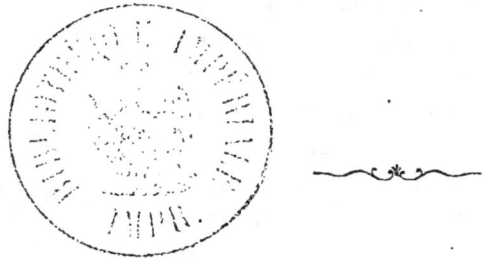

L'enfant est le père de l'homme , a dit Woodsworth. En effet, la constitution de l'homme adulte est la conséquence de la santé de l'enfant. Cet énoncé n'a pas besoin de beaucoup de développements pour être admis non seulement par les médecins , mais encore par les gens du monde.

Si on a parfois raison quand on dit, en voyant un enfant chétif : *En grandissant il se fortifiera,* il est beaucoup plus fréquent de voir un enfant robuste devenir un homme sain. Le but de l'hygiéniste est donc non seulement de maintenir la santé chez l'enfant, mais encore de changer sa constitution, s'il en est besoin.

Il est un grand nombre d'enfants qui, après avoir vécu les premières années de leur vie dans des appartements souvent obscurs, mal aérés qu'ils quittent à peine quelques heures pour aller jouer sur une place publique ou une promenade, sont condamnés à passer leur seconde enfance dans les études et les cours étroites de beaucoup de maisons d'éducation, soumis à un travail intellectuel exagéré et à un exercice physique insuffisant.

Les enfants entrent au collége à dix ans pour en sortir environ à dix-huit. C'est dans cette période de huit années qu'ils doivent apprendre à la fois les langues anciennes et modernes, l'histoire, les sciences physiques et mathématiques, et, comme couronnement de l'instruction, subir les épreuves du baccalauréat suivies souvent de la difficile préparation aux concours qui doivent leur donner accès aux diverses écoles spéciales. C'est aussi pendant cette même période que l'enfant doit atteindre presque tout son développement physique.

C'est donc à cet âge que l'enfant est souvent placé dans des conditions hygiéniques déplorables. C'est pourtant de la jeunesse des colléges que dépend l'avenir du pays, tant au point de vue matériel qu'intellectuel.

Les programmes universitaires sont tellement chargés à mesure que les découvertes scientifiques et que les relations internationales s'étendent que la journée sera bientôt insuffisante pour enseigner aux élèves les éléments multiples de leurs études. Que dans de pareilles conditions les jeunes gens soient prédisposés à la phthisie, cette maladie se développera aussi sûrement que le grain que le laboureur met en terre dans les conditions nécessaires à sa germination.

Pour mieux examiner la question, il suffira de jeter un coup d'œil sur le régime des maisons d'éducation.

Le lever a lieu à cinq heures et demie ; à sept heures et demie, il y a une demi-heure de récréation, puis une classe et une étude qui en est séparée par quelques minutes de récréation. A midi, le diner, auquel succède une heure de récréation. De une heure et demie à quatre heures et demie, il y a étude et classe ; on donne trois quarts d'heure de récréation pour goûter. En résumé, sur quinze heures, il y en a trois réservées aux repas ou aux jeux. Le jeudi et le dimanche,

il y a en plus deux heures pour la promenade ; il reste donc douze heures pour les
études ou les classes. Or, quelle est la car-
rière qui occupe l'intelligence pendant plus
de huit ou neuf heures ? Les employés des
nombreuses administrations ou compagnies
qui existent en France n'ont, en général, que
huit heures de travail de bureau sur vingt-
quatre heures ; et encore peut-on comparer
les efforts d'intelligence faits par un enfant
qui, chaque jour, est en présence d'une dif-
ficulté nouvelle avec l'occupation d'un em-
ployé de bureau qui constamment est appelé
à remplir la même tâche ? Enfin, les muscles de l'enfant ont besoin pour se développer
et se fortifier d'un exercice autrement violent
et prolongé que ceux d'un adulte qui a
atteint son complet accroissement corporel.

A cela on répondra que les études varient
et que par conséquent l'esprit n'est pas fati-
gué par une attention trop longtemps dirigée
vers le même ordre d'idées.

Cette objection, il est vrai, a bien son
importance ; mais je crois pouvoir affirmer
qu'on arriverait au même résultat en con-
sacrant moins de temps à l'étude. Je connais,
en effet, des enfants élevés chez eux, sous la
surveillance constante des parents qui tiennent la tête de leur classe tout en travaillant

moins longtemps ; mais aussi pendant qu'ils
font leurs devoirs, on les surveille, pour
qu'ils ne restent pas à pâlir sur les livres
sans rien faire d'utile. Si donc dans les colléges les surveillants avaient un moins grand
nombre d'élèves sous leur direction, si surtout ils ne s'occupaient pas à lire ou à tra-
vailler pour eux, les devoirs seraient faits
plus exactement et d'une manière plus pro-
fitable.

Le temps qu'on gagnerait, une demi
heure peut-être, serait consacré à l'escrime,
à la danse, à l'équitation et surtout à la
gymnastique, qui est « l'antidote du travail
exagéré de l'esprit, » dit M. le professeur
Foussagrives. Je sais bien que cet exercice
figure dans les programmes des lycées et des
divers établissements d'instruction secon-
daire ; mais aussi souvent il est à l'état de
lettre morte pendant la totalité ou une partie
de l'année scolaire. Mon excellent maître,
M. le docteur Vernois, a constaté dans l'ins-
pection des lycées de l'empire, dont il vient
d'être chargé par S. Exc. M. le ministre de
l'instruction publique que sur 77 lycées,
13 n'avaient pas de gymnase, 28 n'avaient
pas de gymnase couvert, 12 avaient un
gymnase insuffisant ; aussi les élèves pren-
nent cette leçon en aversion, d'autant plus

qu'elle leur fait souvent perdre une récréation et peut leur attirer une punition.

Enfin, quel est le temps consacré à la
gymnastique? Dans le rapport que je viens
de citer (1), nous voyons que les leçons ont
lieu ordinairement une fois par semaine, et
pendant une heure en moyenne. A mon
avis, ce temps est à la fois insuffisant et
trop long : insuffisant, parce que un exercice qui développe les muscles une fois tous
les sept jours et pendant quelques mois de
l'année seulement ne peut produire un bon
effet sur le développement physique de
l'élève ; je dis qu'il est en même temps trop
long, parce que à cet âge on n'aime pas à
obéir pendant une heure pour une chose
dont on ne sent pas l'utilité. Pour obtenir
un résultat plus sérieux, je crois que les
leçons devraient avoir lieu tous les jours,
mais pendant une demi heure seulement.
Ces leçons quotidiennes seraient d'autant
plus utiles que les grands, les *philosophes*,
comme on les appelait de mon temps,
tiennent à honneur de laisser les jeux de
barres, de balle, etc., aux petits ; pour eux,
ils causent en promenant ou en restant en
place.

(1) *Annales d'hygiène et de médecine légale*,
octobre 1868.

Les exercices gymnastiques quotidiens que je réclame étant trop violents pour certains élèves les médecins attachés aux divers établissements devront à la rentrée examiner avec soin chacun d'eux, et noter le résultat de l'examen ; ils porteront leur attention sur l'état du cœur, des poumons, du canal inguinal. Les maladies de ces diverses parties du corps pouvant être aggravées par de violents efforts, seront un motif qui devra faire dispenser de la gymnastique les enfants qui en seront affectés, ou du moins on devra ne leur faire exécuter que des mouvements d'une énergie proportionnelle aux forces qu'ils peuvent déployer sans inconvénient pour leur santé.

De même que nous avons vu la gymnastique figurer dans les programmes et n'être pas toujours mise en pratique, de même aussi nous voyons dans tous les prospectus ces mots sacramentels : *Nourriture saine et abondante*. Sur ce chapitre plus particulièrement, l'avis du médecin devrait être pris en sérieuse considération, et, remplissant son rôle sacré, il devrait transmettre aux économes les réclamations qui lui parviennent. M. le docteur Vernois constate que la nourriture saine dans tous les lycées n'est pas suffisante dans 21 sur 77. Les grands surtout se plaignent de cette insuffisance ; s'il en est ainsi dans presque le quart des lycées ; je sais, par des renseignements particuliers, que dans beaucoup d'institutions privées cette insuffisance est encore plus marquée. Une excellente innovation pratiquée dans plusieurs lycées, entre autres à Louis-le-Grand, porte sur la distribution du pain. Autrefois, on mettait un morceau de pain sur l'assiette de chaque élève, et quand il était fini, il fallait un temps assez long pour que le domestique chargé d'en donner un second vînt d'une extrémité du réfectoire à l'autre, d'autant plus que chacun ayant achevé à peu près en même temps, il était souvent arrêté en route.

Le temps accordé pour le dîner ne dépassant pas vingt minutes environ, il arrivait que l'élève était obligé de quitter la table avant d'avoir terminé ses aliments. Actuellement on a supprimé cette fonction et placé de distance en distance une corbeille pleine de pain ; il y a là une amélioration réelle pour les élèves et pour le service qui est moins pénible. Cette innovation devrait être imitée partout. Tout récemment au Lycée de Nimes, on vient d'augmenter le nombre des garçons chargés de ce service.

Bien des collèges sont construits dans les

vieux quartiers des villes ; partout l'air et
la lumière y sont insuffisants, et pourtant,
dans les maximes que M. le professeur Fons-
sagrives a placées à la fin de son excellent
livre sur le *Rôle des mères dans les maladies
des enfants* (1), je lis cette phrase : « Du
pain bis, trempé dans un air pur, fait plus
de sang que du filet de bœuf mangé dans une
chambre fermée. » Cette pensée, dont la
démonstration la plus éclatante nous est
fournie par la santé florissante de tous les
enfants des fermes, doit être prise en grande
considération toutes les fois qu'il s'agit de
construire une maison d'éducation. Il y a
tant d'avantages matériels à construire hors
des villes que rien ne devrait être plus
fréquent, et, jusqu'ici, c'est l'exception.

Avec une somme égale, on aurait un
terrain trois ou quatre fois plus grand, d'où
la possibilité d'avoir des cours spacieuses,
plantées d'arbres, sèches, bien aérées. A
côté des cours, on pourrait établir un jardin botanique qui, dans un espace relati-
vement restreint, offrirait des échantillons
des principaux genres de chaque famille
végétale. Le professeur pourrait ainsi, après
la classe de botanique, conduire ses élèves
dans le jardin pour étudier avec eux et sans

(1) Hachette et Cᵉ. Paris, 1868.

les fatiguer l'aspect et la couleur des plantes
et des fleurs. L'esprit des enfants vivement
frappé conserve mieux le souvenir des ob-
jets qu'il a vus une fois que si ces mêmes ob-
jets leur avaient été décrits vingt fois dans
leurs livres ou par leur professeur. Le nom
seul d'une plante prononcé dans la conver-
sation me rappelle le lieu précis où je l'ai
étudiée, il y a dix ans, dans le jardin de la
Faculté ; je la vois avec son feuillage et son
port, ses fleurs et ses fruits. Quand les élèves
seront assez avancés, il sera très facile de
sortir une demi heure ou une heure dans
les champs pour y cueillir des fleurs ou y
rechercher des insectes. Ces promenades
faites avec le professeur, suivi d'un petit
nombre d'élèves, une classe au plus, seront
utiles, en ce qu'elles apprendront à connaître
les lieux où croissent les plantes ; elles fe-
ront connaître leur aspect et pourront servir
à distinguer celles qui sont employées dans
les arts, la pharmacie, la cuisine, et celles
qui sont dangereuses.

Enfin, la santé s'en trouvera très bien, et
d'utiles liens d'intimité s'établiront entre le
professeur et l'élève.

Dans l'étude que nous venons de faire,
nous avons eu en vue les maisons d'éducation destinées aux jeunes gens; c'est surtout

pour eux que se fait sentir chaque jour
la nécessité croissante de l'instruction. Les
pensions de jeunes filles ne sont pourtant
pas dirigées d'une façon irréprochable
au point de vue du développement physique.

Sous le rapport de la salubrité, elles sont
ordinairement mieux situées, les cours y
sont plus vastes, souvent remplacées par de
grands jardins; la nourriture y est ordinairement meilleure, le vin seul est très souvent de mauvaise qualité et en quantité insuffisante. Ce vice est d'autant plus regret-
table que cette boisson est utile pour pré-
venir et combattre la chlorose, si commu-
ne chez les jeunes filles qui vivent dans
les pensions.

Les exercices physiques sont générale-
ment insuffisants; les élèves ne jouent
presque pas ou du moins leurs jeux sont
beaucoup trop calmes, et ce défaut d'exercices violents n'est presque dans aucune
pension compensé par des exercices gymnastiques qui devraient être quotidiens et
durer une demi heure ou trois quarts d'heure.
Ils auraient pour but à la fois de suppléer
au défaut d'énergie des jeux et de préve-
nir le développement des affections nerveu-
ses, telles que la chorée, l'hystérie, qui
naissent si souvent à cette période de la vie.

La poitrine prendrait un développement
qui contribuerait à donner aux élèves un
beau corps uni à une bonne santé ; les
troubles menstruels, si fréquents au moment
de la puberté , ces mille malaises qui trou-
blent le moral des filles étiolées des classes
riches de la ville disparaîtraient, et nous les
verrions joyeuses et alertes comme les filles
de la campagne.

La création d'un jardin botanique dans
chaque pension est une innovation que
j'appelle de tous mes vœux, parce que la
botanique est une science très intéressante,
à laquelle les jeunes filles se livreront avec
passion et qui servira plus tard à procurer
des loisirs bien doux aux femmes qui seront
destinées à vivre à la campagne. Comme
maîtresses de maison, elles y puiseront des
notions d'une grande utilité.

En résumé, étant donnée la nécessité croissante de l'instruction d'un côté et le besoin
d'un développement physique suffisant de
l'autre, voici les moyens que je crois les
plus convenables pour arriver au résultat :

1° Surveillance active des élèves pour
éviter toute distraction pendant les études
et les classes.

2° Prendre en grande considération l'avis

du médecin au sujet de la qualité et de la quantité des aliments.

3° Création de cours et de jardins bien aérés où les élèves pourront jouer et s'instruire en respirant un air pur.

4° Exiger chaque année un examen médical rigoureux de chaque élève pour constater l'état des principaux organes (poumons, cœur, abdomen).

5° Augmenter, surtout chez les grands, le nombre d'heures consacrées à la gymnastique ou à d'autres exercices violents.

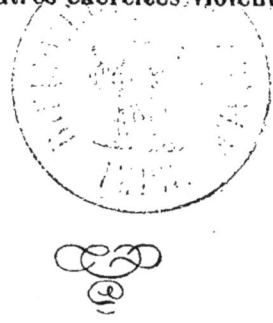

Nimes. — Typ. Clavel-Ballivet et Cᵉ, rue Pradier, 12.

www.ingramcontent.com/pod-product-compliance
Lightning Source LLC
Chambersburg PA
CBHW061423170626
46811CB00005B/2101